Cuenta ratones

Ellen Stoll Walsh

Primera edición en inglés: 1991
Primera edición en español: 1992
    Cuarta reimpresión: 1999

Coordinador de la colección: Daniel Goldin
Traducción de Gerardo Cabello

Título original: *Mouse Count*
© 1991, Ellen Stoll Walsh
Publicado por Harcourt Brace Jovanovich Publishers, San Diego
ISBN 0-15-256023-8

D.R. © 1992, Fondo de Cultura Económica, S.A. de C.V.
D.R. © 1995, Fondo de Cultura Económica
Carr. Picacho Ajusco 227; México, 14200, D.F.
ISBN 968-16-3766-6

Impreso en Colombia. Panamericana, Formas e Impresos, S.A.
Calle 65, núm. 94-72, Santafé de Bogotá, Colombia
Tiraje 5 000 ejemplares

Para mis nueve hermanos:
SALLY, LEILA, MARY, NANCY, JANE, BETSY,
JOE, GEORGE y JOHN;

especialmente para Sally, la mayor,
y su esposo, Jay,
valerosos buscadores de la verdad.

¡GATE GATE PARAGATE PARASAMGATE
BODHI SWAGHA!

Un esplendoroso día, varios ratones se divertían
en el campo. Cautelosos, se cuidaban de
las serpientes.

Pero cuando les dio sueño se olvidaron de ellas…

y se echaron una siesta.

Mientras dormían, una serpiente hambrienta andaba
buscando comida. En su camino encontró un frasco
grande y bonito.

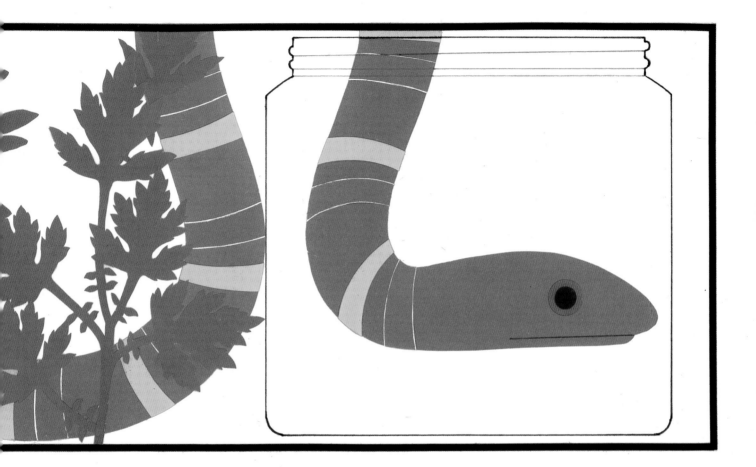

—Llenaré de comida este frasco —se dijo.

No tardó mucho en hallar tres ratones: pequeños, calientitos y apetitosos, estaban profundamente dormidos.

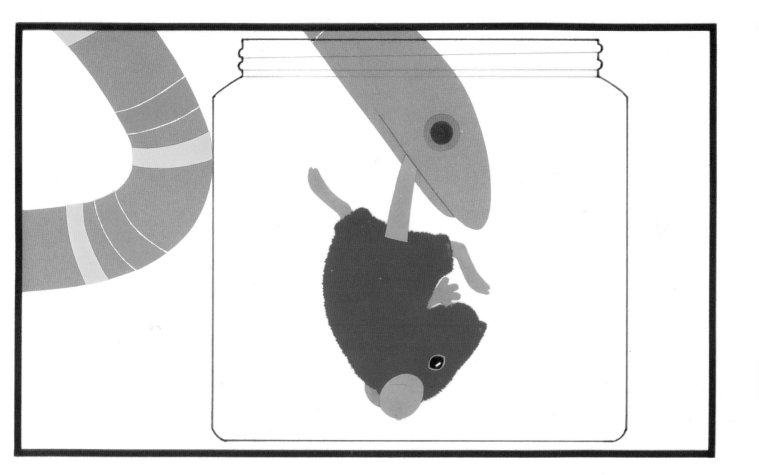

—Primero los contaré y luego me los comeré
—dijo la serpiente—. **¡Cuenta ratones!** Uno…

dos...

tres. —Los metió en el frasco. Pero tenía
mucha hambre. No le bastaban tres ratones.

Pronto encontró cuatro más: pequeños, calientitos
y apetitosos, estaban profundamente dormidos.

Y los contó: —Cuatro…

cinco...

seis…

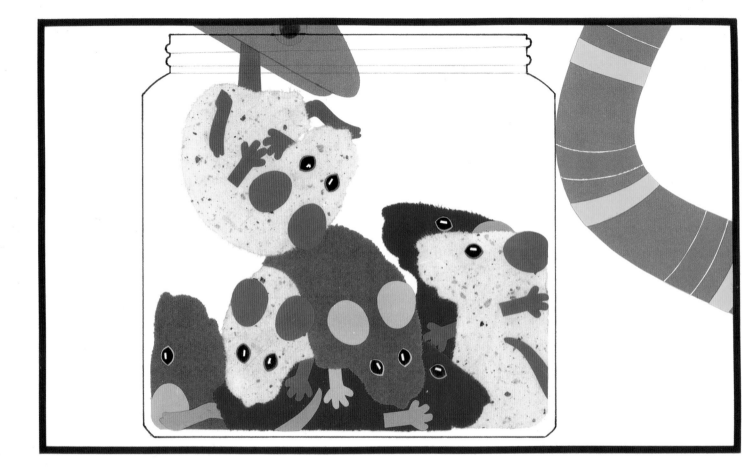

siete. —Pero tenía mucha, mucha hambre,
y no le bastaban siete ratones.

Finalmente, halló otros tres ratones: pequeños, calientitos y apetitosos, estaban profundamente dormidos. Y los contó:

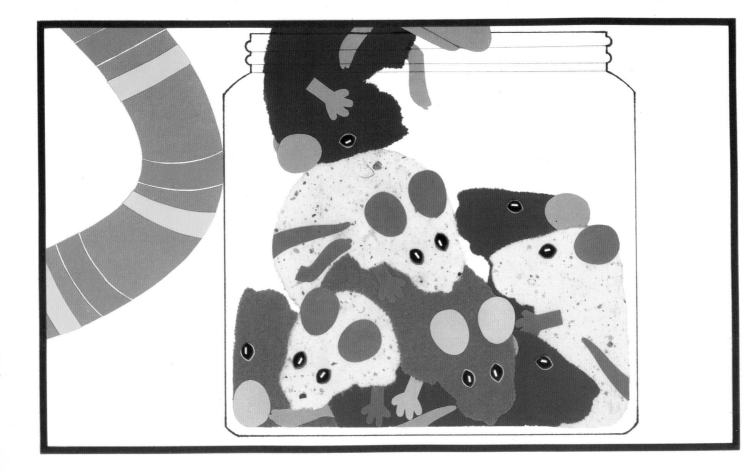

—Ocho...

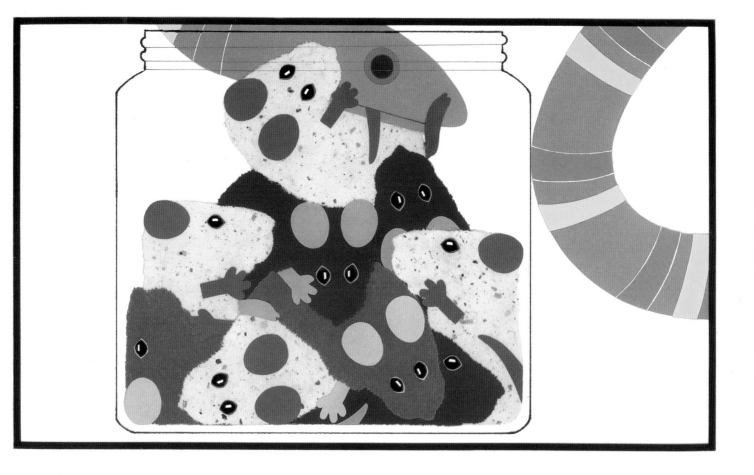

nueve…

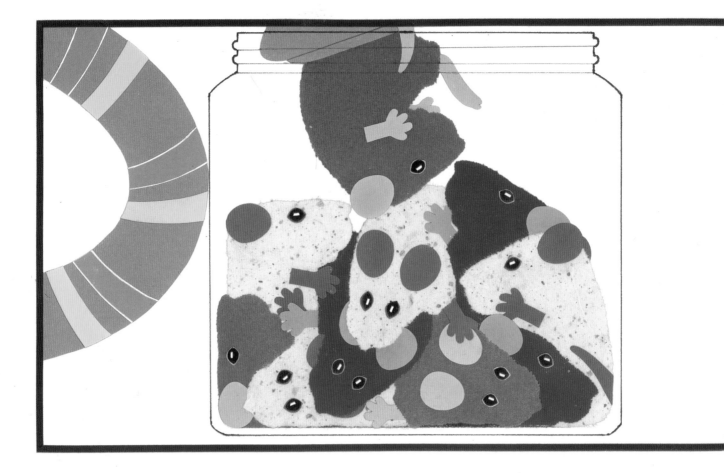

diez.

Diez son suficientes. Ahora, pequeños, calientitos y apetitosos ratones, me los comeré —dijo la serpiente.

—Espera —replicó uno de los ratones—. El frasco
aún no está lleno. Y mira el ratonzote que se ve allá.

La serpiente era muy glotona. Presurosa, se fue a atrapar al ratonzote.

Cuando la serpiente se fue, los ratones inclinaron el frasco hacia un lado,

luego hacia el otro,

hasta que lo volcaron.

—Diez, nueve, ocho, siete, seis, cinco, cuatro,

tres, dos, uno. —Los ratoncitos se contaron
al revés y corrieron a casa.

La serpiente llegó adonde estaba el ratonzote,
que no era tal, sino una fría y dura piedra.

Y cuando regresó, el frasco estaba vacío.